KB069077

나만 멀쩡해서 미안해

나만
멀쩡해서
미안
해

시인수첩 시인선 031

조성국 시집

문학수첩

그 뉘한테 미안한 말이지만 눈 둘 데, 손 둘 데 없을 때
그래도 맘 가는 게 이것뿐이니, 어쩌랴

조성국

| 차 례 |

시인의 말 · 5

1부 | 반동의 꽃봉오리 향기가 이내 화안하다

구석에서 생긴 일 · 15

저녁 목소리 · 16

곁 · 18

떨림의 무늬 명옥헌 1 · 19

못물에 이우는 꽃잎 파문으로… 명옥헌 2 · 20

사라진 집터, 삐뚤빼뚤 배롱나무꽃만 돋는 명옥헌 3 · 22

탐매 · 24

저녁이 올 때 · 26

봄밤 · 27

또, 봄밤 · 28

쇠스랑게의 손차양 멀리 · 30

갓밝이 · 31

2부 | 살그머니 찾아오기나 하듯이

복날이면 생각나는 기억 · 35

발칙한 생각 · 37

층간 · 38

매혹적이랄 만치 출중한 미모의 여자와 · 40

옥녀봉 · 42

돼지게 대갈통 몇 대 쥐알려 박을 수밖에 · 44

실연 · 46

동정 여인숙 · 48

방울토마토 · 49

빳빳한 내 시집 한 권이 · 50

개미의 집 · 52

나비 늦인 · 54

실직 · 56

뒷골목 선술집에 가는 이유 · 57

3부 | 새까맣게 문드러져 빛나는

도다리 · 61

자벌레 · 62

무 넣고 고등어찌개를 맛있게 끓이는 방법 · 64

도둑괭이 · 66

영월(盈月) · 68

파일(八日) · 70

입양 · 71

돌부처 코를 갉아먹고 생겼다는 나는 · 72

당산나무 상제(喪祭) · 74

염 · 76

만상제 · 77

조문의 봄밤 · 78

염주마을 옛집에 들다 · 80

명자나무 서슬 · 86

4부 | 너에게 파묻히다

너에게 갇히다 · 91

상견례 · 93

꼽꼽쟁이 · 94

손바닥 낙인 · 95

형 · 96

불두 · 98

입김 · 100

월광욕 · 102

어떤 벌(罰) · 104

침 몸살 · 106

비 몸살 · 107

한 식구 · 108

말경 명옥헌 4 · 110

하숙 · 112

상중(喪中) · 115

5부 | 치욕도 단련된다

봇물 · 123

고욤나무집 · 124

초승달 연정 · 125

첫눈 · 126

치욕도 단련된다 · 128

끼니 · 130

매병 · 132

지혜학교 · 134

늦은 목련 · 138

광주공원 · 140

수선화 피는 망월28 - 2번지 · 142

봄동 · 146

왼발잡이 · 148

자정 · 150

일죄재범 · 151

망각 · 152

발문 | 서효인(시인)
미안함의 공동체에 이르기까지 · 155

1부

반동의 꽃봉오리 향기가
이내 화안하다

구석에서 생긴 일

안침진 뒤울안
은방울꽃대가 낭창낭창 휘어진다

오종종 매달린 꽃망울이 무거워 휘는 줄 알았다

온몸 둥글게 굽혀 말았다가
발뱀발뱀 내딛는 연둣빛 걸음마다
우듬지
휘어지고 또 휘어졌다

땅바닥까지 가닿는 휘어짐에 애벌레 튕겨지듯 근두박
질치는
순간 은방울꽃대
피잉, 튀어 오르며 꽃망울을 툭 터뜨린다

은방울 바르르 떨며 곧추서는 반동의 꽃봉오리 향기가
화안하니 앞마당 복판까지 번져 간다

저녁 목소리

고매(古梅)향 걸터앉은 툇마루
호듯호듯 끓는 볕살이 좋다 치자
빗밑이 무거운 연둣빛 파초 잎
빗방울 긋는 소리도 좋고,
누렇게 욱은 솔이파리 가만 뒤흔드는 오랍들의
바람 소리도 좋다 치자
한껏 달빛 내비치는 대밭
나직이 서걱대는 이파리 소리도 좋고
갓밝이 무렵이나
어슬막 고샅 탱자울에서 재갈재갈거리는 오목눈이
참새 소리도 좋다 치자
제아무리 좋다 쳐도
풀어놓은 닭들을 구구구 불러 모아 먹이를 주는,
주린 집개가 허천뱅이별을 바라보며
눈동자 빛내는
그맘때를 훌쩍 뛰어넘어 실컷 놀던 나한테 하얗게
새하얗게 밥 짓는 연기 나지막이 퍼져 오듯
밥 먹으라, 데리러 오는 저녁 목소리가

16

나는 이 세상에서 제일 좋았다

곁

　폐가에서 주워 온 아랫목구들장을 빈 마당 디딤돌로
갖다 놓았더니,
　곁이 생겼다

　바람에 실려 온 앉은뱅이민들레나 땅꼬마채송화가 꽃
댈 올리고 만판 피기도 할라치면

　돌 옆에, 라고
　자늑자늑 말할 수 있게 되었다

　불기운 까맣게 식은 옆구리에 곁이 생겨 사방팔방 다
환한 걸 보면
　문득 사는 게 별게 아니란 생각이 들었다

떨림의 무늬
명옥헌 1

붉은 머리
오목눈이 앉았다
날아가는
배롱나무 가지와 같이
가늘게 떨리며
꽃이파리 떨어뜨리자
그예 못물이 받아안고는
가늘게 떨리던 문양을
넌지시 비친다
둥글게 피었다 지는
이울었다가 또 한 번 다시 피는
꽃을 빌려 토해 낸
소용돌이 흔적 같은 저걸
나는 꽃이 질 때와 꽃이 필 때의
떨리는 문채려니 여긴다

못물에 이우는 꽃잎 파문으로
배롱나무 나이테를 헤아리다
명옥헌 2

꽃 피듯
꽃 지는
꽃 지듯 꽃 피는
석 달 열흘
비틀린 몸으로
지탱타 못해
주룽 짚듯
쇠기둥 의족까지 받치는

앞선
물결이 생을 다하면
뒤따른 물의
결이 밀고, 밀어 주는

가닿아
제 나뭇결에 새기는

꽃만 봐서는 몰랐던

묵을수록 화사한 직경의 내력을
헤아릴 수도 있었으니

사라진 집터,
삐뚤빼뚤 배롱나무꽃만 돋는
명옥헌 3

연못가의
돼지막 헛간을 개조한 집

이리 굽고 저리 굽은 배롱나무와 적송 사이
이내 낀 무등산과 오목눈이 참새 소리 왁자한 해거름
대밭이
스무 자에 서른 자 남짓 통유리로 표구된 집

못물에 木백일홍 이울듯
별똥 저무는 밤이면
별 모양 박힌 민물고기가 배롱나무에 기어올라 북두칠
성과
망배한다는 집

표가 나게 뜯긴 문풍지 부르르 떨듯
밑줄 그으며 팔십 년대의 책장을 넘기던 미학에 난폭
한 삶이 지나간 듯
경첩마저 뽑힌 격자무늬 문짝 기웃드름히 삭아 있던 집

써금써금해도 쓸 만한 서까래 기둥 몇 개 골라내면 시
한 채쯤
너끈히 지을 수 있는,
그래서 크게 나쁘지만도 않았던 집

탐매

경남 산청 남사리 하영국 씨 뜰의
꽃을 본다 이미 고사된 등걸 아래
새로 뻗은 곁가지
점점이 핀 고매한 꽃도 꽃이거니와
마른 이끼 두른 채
이리저리 뒤틀어진 칠백 수령의 밑둥치께
조막만 한 버섯 자람이 돌올하다
나 같았으면
냅다 뿌리째 뽑아 소유했을 옹근 영지
집주인한테 살짝 가르쳐 주며
가위 전지만 하라, 일러 주는 시인이 웃었다
뿌리 있는 그 웃음을
나는, 웃는다
라는 시집에서 얼핏 봄 직도 하다
시(詩)로 과거를 치는 시절이었으면
그도 족히 팔작지붕의 기와집쯤은 가졌을 거라는
이런 생각도 해 보며
무심코 대청마루에 앉으니

올려다봤던 꽃이 새삼 눈높이에 맞추어져 절정이다
영월까지 떠 꽃가지에 턱 하니 걸터앉으매
마치 내 전생의 어느 한때와 같은
수묵 매월도의 대취한 조선 선비 하나 그려진다
적거지에라도 이송되어 온 듯 현생의
집으로 돌아왔어도 나는 만취한 채 한참을
깨어나고 싶지가 않았다

저녁이 올 때

봇물 들인 논바닥을 판판히 고르듯이
써레 경운기 몰던 허릴 토닥토닥 다독이다 말고 냅다
펴 짚으며
한껏 뒤로 젖힌 젖무덤같이

당그란 산봉 따라 저만큼 펼쳐진 대낮이
이제 막 가라앉는 논물에 스며들듯

아시랑아시랑 집으로 찾아드는 어스름을 받아안던
안마당마냥
다소곳이 제 몸을 구부려 낮추는 집짐승들
먹이를 부리는
나도 그만 귀가 쫑긋!

봄밤

대뜸 찾아와서는
승속이 다 밴 옛사랑
다짜고짜 방문해서는
냅다 손목 낚아채
배롱나무 뒤뜰로 이끌던 사내의
입맞춤을 엿보았다
그렇지 않아도
푸릇하니 부풀어 오른 달빛에
방 안 윤곽이 어렴풋 드러나는 저녁
소쩍새 울음에 잠 못 이루는 불목하니
검지 끝에 침 발라
꽃살문 창호지 문구멍을 자발머리없이 뚫고
어리붉게 훔치며
마른침을 꼴깍, 삼키는 바람에
문종이 덧대어 바른 불두화 꽃잎
비긋이 피었다 져 버린 것인데
괜히 묵은 배롱나무만 몸을
비비 꼬아 틀었다

또, 봄밤

피었다 이울고
이울었다가 피어서

사백 번쯤이나
갈고닦은
화엄사 각황전 홍매 곁에서 스님이 이랬다
저녁 예불 드리러 가는 길에

부처님 믿으며 자비도 받으시고 극락왕생하세요, 했다

마침하여 우듬지쯤에 푸른 월색 걸터앉은

꽃가지에
바알갛게 물든
애인의
속옷을 처음 벗기던 것마냥
벌렁벌렁 요동치는

난생

처음 극락 가고 싶단 생각이 들었다 약수 고인 연못 불전에

시주 공양하며 소원 빌듯

은전 한 닢 뚝, 던져 주진 못했어도

가당찮게 한 오백 년쯤 왕생하고 싶어졌다

쇠스랑게의 손차양 멀리

자글자글 끓어오른 일몰 볕에
앗, 뜨거워라
진저리 치며 튀어 오른 모치 살갗이 발긋하겠다

그걸 알고 제 깐에는
안테나 같은 눈자위 휘둥그레지며
부랴사랴 줄행랑쳐 갈대숲에 냅다 숨어 놓고서는
저도 데인 듯
새빨개진 집게발을 꼼지락대는 쇠스랑게의
손차양 멀리

불빛 몇 점!

뉘 손짓이 저리도 깜박깜박 반짝거리는지
갯고랑 따라 쓸려 나갔다 되돌아 밀려오는 밤물결의
등지느러미가 이내 화안하던

갓밝이

밥 뜸 들인
숯불과 같은 빛살이 스민다
옹이 빠진 부엌
문구멍으로 빗금 치듯
어슷하게 들어섰다
빛띠 먼지를 타고
나지막이 번지는 소맷부리,
촛불집회 촛농이 묻은 여자의
왼 손목께
탐침이나 하듯 바른 엄지 가만 얹고 짚어 보는 맥박같이
두근두근 다가오는
나를 움직이려 찾아오는 것은
언제나 가녀려서
매양 놓쳤던 터라, 솔깃하며 정갈하니 새겨듣는
이제야 눈귀에 선하다

2부

살그머니
찾아오기나 하듯이

복날이면 생각나는 기억

세퍼드가 퍼질러 놓은 똥을 더디 치우다,
트집 잡혔다
육이오 때에나 감행했던 원산폭격을 몹시 받았다
팔꿈치 물팍이 다 까지도록 기합이란
기합은 죄다 받았다

군대식 물자 분류법에 따르면
이등급 군견보다 팔등급쯤 된 내가
좆같이 취급당한 것은 당연한 일이기도 하지만
그래도 곧 폐기 처분될 개보다 못한 대우에
코브라 대가리 쳐들듯
화딱증이 불끈거렸다
부아가 치밀어 그 개새끼 골통에 늙은 인사계의
이름을 붙여 부르며
개머리판으로 내려찍고는 하였다

제대를 앞둔 나는
수색 나갔다가 산토끼 길목에 올무 덫 놓아, 돌멩이도

소화시킨다는 한창때의
지독한 식욕을 달래기도 했었는데
공교롭게도 그만,
셰퍼드가 덫에 걸려 뒈져 버린 사변이 터진 것이었다

노발대발 인사계는 부대 막사를 이 잡듯이 뒤졌고,
그 식탐의 눈빛을
견디다 못한 군견이 월북했다는 입소문만 무성히 나돌
았다
또 그것을 보았다는 중대원들 말에 나는
그저 배시시 웃으며 한랭기단의 새하얀 한파와
눈보라 헤치는
천 리나 먼 행군을 거뜬히 마칠 수가 있었다

발칙한 생각

사업한답시고, 영업한답시고
진탕 통음한 단란주점 모자란 술값 대신
속옷까지 홀라당 저당 잡히고
쫓겨난 주제에
고주망태의 알몸이
낯부끄럽고 쪽팔리는지는 아는지, 그 정신에도
업소 청소용 검정 비닐봉지에다
눈구멍만 두 개 뚫어
가면 쓰듯 머리에 뒤집어쓰고
버젓이 아랫도리 벌거벗은 채 집에까지 냅다 뛰는

꿈 깨고 나서부터 하여튼
얼굴에 시꺼먼 철면피만 깔면 된다는 이념으로
넉살 좋게 밥 빌러 가는 접대의 발걸음
한결 가뿐해지는 것이었다

층간

쌀 씻고 푸성귀 꼭지 따서
수돗물에 헹구고 둥근 식칼 손잡이 끝으로 마늘 찧고
생선 배 갈라
내장 꺼내 가스 불에 지지고 볶아 대고
쉭쉭 수증기 오르고 설설 끓는 국과 밥숟가락 놓으며
식탁 의자 끄집어내고

문득, 모로 누워 거실 바닥에다 귀를 가만히 갖다 대면

진동걸음으로 어딜 가는지
 폭포 같은 물 갈기 휘갈기며 잇따라 소용돌이치는 좌
변기 뚜껑 닫는 소리
 틀림없이 소피본 것이라 여겼다

가끔 엘리베이터 안에서
가벼운 목례 나누던 손아래 띠동갑쯤 돼 보이는
향수 내 진동한 자태가
꽃 팬티를 내리고 앉았다 간 게 분명하다, 생각했다

부스럭부스럭 코 먹은 교태까지 부리는 얼마쯤 지나서는
달뜬 신음이 뒤번져 온다고나 할까
배굴풋이 누워 있는, 덩치가 장롱만 한 내 적적함을
달래 준다고나 할까

발꿈치 들어 올리며 살금살금
내 여자의 귀갓길 마중 나가는 밤저녁의 승강기에서
위층 남자가 이상하리 만치 야릇한 눈빛의 목례를
가만 보내 온 건 또 웬일일까

매혹적이랄 만치
출중한 미모의 여자와

동글하니 땅딸한 수캐 치와와 데리고
풍암호수공원 서너 바퀴
빙빙 돌며 산책하는데요
풍만하고 매끈한 미스월드급의
여자가 다가오는 거예요
겅중거리며 꽃단장한 푸들을 앞장세우고
점점 다가오는 맵시가
어디서 많이 본 듯해서 뚫어지게 쳐다보는데 글쎄,
위층 사는 여자인 거예요

마침 잘됐다 싶었지요
시도 때도 없이 하도나 침대받침다리 쿵쾅거려,
몇 번 찾아가 항의하고 성질도 버럭 냈어도
도로아미타불인지라
잔뜩 벼르고 있었는데 글쎄,
치와와가 머루 포도 같은 눈망울을 반짝거리며
푸들 목덜미를 복슬복슬 핥아 주는 거예요
슬슬 뒤꽁무니에 검은 윤기 반지르르한 콧등을 쿵쿵거

리며

바짝 달라붙는 것이었어요

목덜미 꽉 묶은 끈을 아무리 힘껏 잡아당겨도

끄떡하지 않고 수작을 부리는데 글쎄,

이제 강아지티를 막 벗은 녀석이

뒷발 딛고 올라타며 씩씩대는 잽싼 짓을 언제 배웠는
지, 내 참

기가 막혀서 어처구니가 없어서

개 끈을 내팽개치고 몸 둘 바를 몰라 쩔쩔매며

후끈 달아오른 위층 여자한테 뭐라, 말도 못 했다니까요

지금부턴 사돈인데,

쿵쾅거리는 층간 소음을 사돈끼리 따지고 든들

열없기는 매한가지여서

무슨 소용이 있겠나 싶었다니까요

옥녀봉*

과년한 여자의 불두덩을 닮았다
산벚꽃 같은 봄물이 우련 번지는 풍문에 의하면
기가 엄청 센 그녀한테
기란 기를 죄다 빼앗긴 사내들이 시름시름 앓는다는 둥
그 기를 못다 버티고 도망치듯 이사 갔다는 둥
자자하게 입방아를 찧어 댔다
음기가 너무 드세어서
사내들이 맥을 못 춘다는 지관의 말마따나
십수 년째 옥녀봉 자락 아래 깃들어 사는 나의 오줌발이
시원찮은 것도 가끔 야릇한 추파를 던졌다가 배가 뒤
틀린 아내도
그년의 머리끄덩이를 잡아끌고 와
자근자근 밟고 멍석말이하듯 뒈지게 패대기쳐야 한다
는 둥
사삭스럽게 원성을 높이는데
아랑곳하지 않고 저녁밥 먹듯 옥녀봉행 자행하는 나는
장난기 발동한 호색한처럼 은근슬쩍 돌멩이를 쌓아
놓곤 하였는데

차츰차츰 치솟아 오른 돌무더기가 글쎄, 툭 까진
남근석을 닮아 가고 있지 뭡니까

* 전라도 광주 풍암지구의 금당산에 있는 봉우리.

뒈지게 대갈통 몇 대 쥐알려
박을 수밖에

물어 죽인 전력이 있던 터라
햇병아리 근처
얼씬도 못 하게 몇 대 쥐알려 박고
감나무둥치에 비끄러매 놓은 것이 못내 가엾어
뼉다귀 몇 점 얻어다 주는데

이놈 봐라, 강아지 뼘치를 막 벗은 놈이
반경 한 걸음밖에 안 되는 원둘레 빙빙 돌며
잘도 가지고 논다
제 밥그릇을
밟고 굴리고 갉작거리고
엎드려 끌어안고 뒹굴며
반질반질 핥다 못해 광을 슬어 놓으며 노는 꼴이
하도나 기특해
나는 그만 개목걸이를 끌러 주었는데

굽실굽실 일용인력대기소 밥 빌러 갔다 퇴짜 맞고
시르죽은 나보다 낫다 싶어

개 사슬을 나도 모르게 풀어 주고 말았는데

하 이놈 봐라, 기껏 반나절 마을 언저리를 쏘다니다가
밥때가 됐다 싶으니까
언제 집 나갔냐 싶게 제 발로 돌아오고야 마는,
도로 얌전히 쪼그려 앉아 빈 밥그릇이나 핥은 놈한테
고기 뼉다구는커녕
에라, 개새끼! 퉁을 자배기로 놓으며
뒈지게 대갈통 몇 대 쥐알려 박을 수밖에

실연

1.
홧김에 휴학하고 몇 날
며칠 되들잇병 깡소주 마시고
가죽 혁대에 박박 문지른 면도로
배코질하고 신병 훈련소의 각개전투
철조망 밑을 등가죽 벗겨지도록 기며
아랫입술 감쳐물고
좆도, 그까짓 여자 때문에 울지 말자
눈두덩 짓누르고 또 짓눌렀다가
밤새껏 기승스런 소쩍새 울음에 실려
지하 경계 초소까지 습배이는 월색에
탈영할까 말까 심사하고
숙고하다가 그만 엉엉 울고 말았던

2.
잔뜩 군기 잡혀 쥐어박히고
맬겁시 전라도 깽깽이라고 얻어맞고
강제징집당한 요주의 관찰 대상이라 해서

걷어 차이고 의무대 침상에 앓아누웠는데
몸매 하늘하늘 권 있는 간호장교
회진을 왔다 국군통합병원에는
전혀 어울릴 것 같지 않는 섬섬옥수로
맥박 재고 체온도 재 보더니
낯이 익다고 청안시하며 고향을 물었다
광주 염주마을이라 했는데
혹시 아무개를 아느냐 묻고, 재차 묻고 또 묻기에
얼뜨려 오촌 종숙이라고 대꾸했더니
느닷없이 엉덩일 까게 해서 탁탁 때리며
세차게 장침의 주삿바늘을 놓는 통에
여러 나날 곰발 난 듯 엉덩이를 쭉 빼고
엉거주춤 걸어도 다녔는데 의젓하던 백의 천사의
손독이 그처럼 매서운 줄은 미처 몰랐다

동정 여인숙

겉장이 나달나달해진
검정 숙박계에다
세상에도 없는 엉터리 주민등록번호
재재바르게 쓰고
갓 지어낸 가명도
날렵히 휘갈겨 긋던 사방연속 꽃무늬
눌눌하게 빛바랜 방
윗도리 속베개에 구겨진 강제징집 영장
쇠못 옷걸이에 걸며
싸하게 떨리던
새하얀 요 홑청에 뻘겋게 번지는 물방울마냥
그런
그런 날은 또 없으리
통방해 오듯 베랑빡 탁탁 치며
씹할! 조용히 좀 합시다, 곤두세운
옆방 사내의 목청 같은

방울토마토

　나이 오십 줄의 총각이 모처럼 시켜 먹은 면소의 다방 커피

　배달 나온 스쿠터가 빨갰다

　잘 익은 토마토만치로 입가에 만들어 파는 요염한 미소와 간드러지는 목청에

　그저 달떠서

　흐릿흐릿 새어 나오는 감청 소리의 비닐하우스 출입문

　들어서려다 말고

　다디단 공짜 커피 한 잔 얻어먹을 속셈도 저버리고 내심 부르릉, 왔다

　그냥 간다는 듯이 부르릉,

　부르릉 스쿠터 시동 거는 소리를 멜갑시

　입 시늉하며 슬쩍 지나쳤는데

　뜻밖에 마주친 빨간 스쿠터가 흐트러진 머리카락 귓바퀴 뒤로 꽂아 넘기며

　홍조 피우며 은근살짝 아양을 떠는 거였다 입술연지 고쳐 바르며

　어쩜, 스쿠터 시동 소리가 총각 것보다 더 힘세냐고

빳빳한 내 시집 한 권이

밥술 뜨다 말고
느닷없이 후려치는 파리채라도 좋겠다
백도화지빛 표지에 파리 잉깔려 납작 달라붙어도 좋
겠고,
이따금 당직하는 밤참 라면 냄비를 받치다
노리끼리하게 눌어붙어도 좋겠다
내 시집 한 권이
소파에 뻐드러져 사로낮잠 주무시는 집사람 얼굴
가만 덮어 주어도 괜찮겠고
무엇보다도 낡고 뒤틀린,
그 안에 갇혀 명도 퇴색한 판매 금지 서적
언더 서클 학습 때에나 보았던,
가택수색 나온 대공 형사 몰래 누이가 광 마루 밑에다
빼돌린
기울기 삐딱한 책,
꽂이를 바로잡아 줘도 괜찮겠다
어머님이 손수 지어 놓은 삼베 수의가
빼닫이 서랍 깊숙이

이십수 년 차곡차곡 쟁여 있는

간혹 신문지 약봉지 접듯 접어서 흰 나프탈렌 갈아 끼
워 넣던 기울써한 자개장롱

다릴 받치는 것도 나쁘진 않겠다

빳빳한 나의 시집 한 권이

쫙 찢어진 채 꼬기작꼬기작 구겨지고

또 구겨져서 무릎 쭈그리고 앉아 일 보는 한뎃뒷간의
딸애 밑을

보들보들 닦아 주는 것도 크게 나쁘진 않겠다

개미의 집

오불고불 줄지어 먹이 나르던 개미 떼
소낙비 만났다
골함석 맞배지붕 타고 내리는 유리 공장 낙숫물에
더듬이 부러져 버둥거리던
놈 허리가
두 동강 난 놈
직방으로
목이 부러지고도 먹이를
악착같이 입부리에 문 채 저만큼 튕겨 나간 놈
다리가 몽땅 떨어져 나가 몸통만 가지고 젖은 땅바닥
허우적거린 놈
가문 날 봉굿이 지어 놓은,
이제는 아예 까뭉개져 자취도 없는 그것도 집이랍시고
사지를 끌며
절룩대며 식량을 다시 나눠 물었다
숨 고를 틈도 없이,

아홉 자에 열두 자의

설깨진 대형 유리원판 들어내다 쏟아진 파편에 절단된
반 토막의 손가락
근질근질 힘이 뻗쳐 뭉툭하게 살이 올랐다!

나비 늑인

1.
동맥이 끊어졌다
금 간 대형 유리원판 들어내다,
쏟아지는 파편에

산업 연수 온 조선족 재철이
앰뷸런스 실려 가며 새파랗게 질려 있자
걱정 마라 괜찮다
괜찮다며
내 팔목 보호대를 확 풀어헤쳤다
어림잡아 수십이나 되는 봉합수술 자국이 나타났다

신출내기 재단 보조였을 때
나의 사수인 일급 유리 재단사가 그랬듯이
탱탱한 먹구릿빛 팔뚝에 아문 흉터
내보였다 팔랑팔랑 꿈틀거리는 나비 문양의
상처를 훈장처럼 내보였다

2.
발그레해져 가렵다
팔뚝에 날아온 나비 한 마리
새참 술기에 달아올라 꿈틀거린다

별로 고울 것도 없는 이런 날
잔업의 유리 재단 칼을 왼 귓등에 가만 꽂아 놓고
꽃과 같은 누굴 무심히 그리다가
무한정 깊어지기도 하여서

너풀거리는 나비의 파동까지 샅샅이 들린다

어디 먼 데서
십수 년 소식 끊긴 연정이 지분거리며
슬그머니 찾아오기나 하듯이

실직

소맷부리 고무단
휑하니 늘어진 추리닝 차림새로
다짜고짜 쳐들어왔다
붉은 양파그물자루
얼굴에 덮어쓰고
뻘갛게 반코팅된 일장갑을 낀 손에다
식칼까지 들고 와
막 휘둘러 댔다
내 허벅지를 살짝 스치는 겁박도 잠시 저지르더니
뜬금없이 풀썩 주저앉아
그저 신고만 빨리 해 달라고 부탁했다
입꼬리에 희멀건 거품이 끼도록 통사정하였다

그제야 국가가
관여했다 장기간 노역을 부리며
먹고 자고 입고 볼일 보는 일까지
일체 관장하기 시작했다

뒷골목 선술집에 가는 이유

그자들이 아니었으면 여기까진 오지 않았다 야심한
이 저녁, 귀 빠진 탁자의 뚝배기엔 살코기는 물론 비계
간 곱창까지 담겨 나오고 숟가락 가득, 오만 가지 인상
을 찌푸린 돼지 물큰내를 뜨는 동안 주저리주저리 오가
는 말씀을 모르는 척 들어야 했다 나이답지 않게 퇴행성
관절염을 심히 앓은 오일팔이며 그때 부상당한 동네, 풋
낯의 토박이와 왁자지껄 생막걸리의 애자배기를 기울이
는 와중에도 살그머니 내 밥그릇에 고깃살 여러 점 퍼
주던 땐 문득 말 못 할 무지근한 사정 하나 확, 털어 내
고 싶다가도 자꾸만 말을 주저리고 말았던 건, 생을 막
장까지 우려낼 수 있다는 그래서 당대의 세월쯤은 예사
롭게 건너갈 수 있을 거란 생각에서였다 그도 그럴 것이
잉여 생산물 같은 詩나 그림이나 생업도 잠시 접어 둘 줄
아는 그들로부터 팔뚝 걷어붙이고 뒵들어 주는 본분에
대하여 밤도와 교양학습 받는 까닭에 주저 없이 꺾어 도
는 광주 상무 2동 뒷골목 선술집을 깍듯하게 찾아가고는
했다

3부

새까맣게 문드러져
빛나는

도다리

바른 눈알 홉뜬 사팔뜨기 바짝 엎드렸다

사시미칼날 같은 눈매에다, 원통 모양의 주둥이는 뾰
쪽 길고
   뱃구레 흰
   활갯짓에 긴장이 잔뜩 서려 있다

그렇지 않고서야 생이,
   한 점 한 점 발라내는 숙수의 날랜 칼질에 뼈만 남게
도려지고도
   검게 빛나는 눈망울 끔벅거리며 빤히 쳐다볼 수 있겠
느냐

잘근잘근 씹히려는 마지막 일각까지
   몸부림치듯 파닥, 제 살점을 털어 낼 수 있겠느냐

자벌레

난데없이
투명 실낱을 타고 내려와 잣대를 드밀어 댔다
가무잡잡 온몸을 잔뜩 굽히고 오므렸다가
냅다 뻗으며
멧부리 지름길이나 기웃거리는 내 등짐의
꿍꿍이속을 재 댔다
한 눈금 두 눈금 곱자 내밀고
씰룩씰룩 앞서 걷는 매끈한 여자 엉덩이
얄궂게 더듬거나 은근슬쩍 젖가슴 크기를 가늠해 보
다 들켜
탁탁 얻어맞기도 했다 저녁결에는
불끈 선 아랫도리조차 보이지 않는 배불뚝이 중년의
사내
부도방 찍힌 약속어음을 찢어발기며
떡갈나무에 밧줄 내걸고 목을 맸다가 염치없는 양
도망치듯 숲길을 벗어나게 했던 자질이
자못 궁금하기도 했지만
가파른 산행의 발길에 무심코 짓이겨진 앳된 산자고꽃대

초록 비린내를 물씬거리며 허릴 곧추세우는 걸
언뜻 지켜보며 괜한 궁금증을 자아냈다고
스스로 통박을 놓기도 하였다

무 넣고 고등어찌개를
맛있게 끓이는 방법

하나같이

눈알 시퍼렇게 뜨고

스스로 적당히 눈 감은 놈은 없는지

서로 노려보는

어물전의 등 푸른 고등어부터 고를 일이다

무 넣고 고등어찌개를 맛있게 끓이자면

언뜻언뜻 내비치는 눈발의 무밭에

주린 들멧쥐나 두더지

진진초록 머리 끌텅을 갉아먹던 이빨 흔적

고스란히 밴 놈이 제격이지만 과동 중인 놈도 좋다

바람 들어 썩은 내 진동하는,

저 혼자만 썩은 게 아니라 살을 맞댄 족당까지

덩달아 썩게 하는 흙구덩이

봉긋한 짚 마름이나 소쿠리에

쓱쓱 문질러 한입 가득 베어 먹고 싶은 놈이면

더욱 좋다 반갑게 샛노란 새순까지 틔운 놈을 골라내면

무 넣고 고등어찌개 끓일 준비가

거의 다 된 셈인데

대파 송송 썰어 넣고 육쪽밭마늘도 다져 넣고
취향 따라 적절히 맛을 돋구는 갖은 양념에 대해선
굳이 말하진 않겠다 나는 다만 간이며 쓸개며 속이란
속은 새까맣게 문드러져 빛나는 은빛 죽방멸치에다
다시마 넣은 밑간 국물을 대단히 선호하지만
무엇보담 지극한 손맛이 한껏 가미된다면
더 이상 두말할 나위 없겠다

도둑괭이

1.
그늘 지나던, 조선 민화에서나 봄직한 호피 무늬
뚝, 떨어지는 살구 알에 놀라
용수철처럼 튕겨 올라 내려앉더니만
—자를 세로로 세운 초점의 살구빛 눈알을 궁굴려 댔다

쥐도 새도 모르게 없어진 달구 새끼의 범인을
내심 지목한 닭장 주인이
평상 낮잠 들려다 말고
네모진 목침을 쳐들어 내려치려는 순간, 내가 죄라도
지은 양
이마에다 오른 팔뚝을 꺾어 대며 얼른 갖다 붙였다

2.
볕바른 장독 위에 널은 비린내가 물씬 풍겼나 보다

몇 차례 간고등어 넘보다
간짓대 얻어맞은 궁기가 곧장 다가가질 못하고

잠시 머뭇거리며 흘금흘금 주위를 둘러보더니, 그냥
지나쳐 간다

붉게 부은 왼쪽 뒷다리 절뚝, 절뚝거리며
저녁이 다가오고
눈 다 못 뜬 예닐곱 새끼들 머리통 서로 밀고 찧으며
젖 보채는 듯이
낑낑거리고

장독대 비켜서
미역 국물 밥 말은 그릇에다 생선 **뼈** 듬뿍 갖다 주는
데 목털부터
거시시 일떠세우고 서슬 퍼런 야광만 섬뜩 비쳤다

영월(盈月)

토방 댓돌 아래
몇 번씩이나 꿰매고 기워져 궁뚱망뚱한 검정 고무신
빈천하게 비추는 달이라서

복물 뜨다가
내킨 김에 복이 절절 끓는다는 솥뚜껑까지 훔치다 들켜
늑신하게 얻어맞던,
얻어맞으며 새끼줄 꼬듯 손바닥 싹싹 빌던 것을
배시시 지켜만 보는 달이라서

카키색 기역자 손전등 켜 들고
광대무변의 밤하늘에다 시 쓰던 나를 붙잡아
직사하게 빳다 때리고
완전군장시켜 뺑뺑이 돌리던 일직사령의 만면에 득의
한 달이라서

무엇보담 월급 받는 시인을 꿈꾸다 감옥 살던,
독거의 하얀 방을 비켜서

공고한 망루의 경비교도 눈빛에서만 그으윽했던 지악한
달이라서

달리 기척도 없이
은근슬쩍 어깨 얹히는 걸 적잖이 못마땅해하다가도
취로사업 마치고
늘찬 산등성이 고개를 숨차 넘는 울 엄니의 의지가지
없는 밤길에
광채 서린 건 저것뿐이었으니
내키지 않더라도 가벼운 목례라도 드릴걸 그랬다

파일(八日)

줄줄이 연등 매단 舊상무대
무각사 커브 길을 막 도는데 머리끝이
쭈뼛 선다
급브레이크 밟으며
거의 충돌 직전에 가까스로 멈추었는데

비상 깜빡이 켠 영업용 택시 옆에
애꿎게 나앉은 승녀
까까머리 어린애 잠지를 꺼내 쥐고 오줌 쏘이며
양쪽 볼에 살짝 홍조를 피우고 있는 거다

뒤따라오던 엘피지 배달 트럭도
급정거 이마받이를 하고는 나한테만 괜히
불같은 쌍욕을 퍼붓는 눈치였다

입양

기둥주춧돌로 가져갔다
매끈한 부처들만 골라 댓돌로 데려갔다
봉분 상석으로 들였다
억지로 끌려가
방천 난 논밭두렁 쌓는 축석으로 쓰인 것도 지천이고
큰물에 떠밀려 가 빨랫돌로도 제법 쓰였다
비바람 눈보라와 해와 달과 별빛에
눈 코 입이 닳고
손발이 다 뭉그러진 용천뱅이의 절집에서 나는 가끔
그들이 청청 새기는
독경 소릴 데려와 가슴에다 키웠다

돌부처 코를 갉아먹고 생겼다는 나는

매일같이 향촉 피워 대는 까닭을
이젠 알겠다
뒷간 한번 간 적 없는
이 영감탱이
연화 방석에 좌정한 채 일을 본 게 분명하다

엉치께 곰팡이 슬고
슬다 말고 말라 죽은 이끼를 보아선
틀림없이 뒷일을 치렀던 거다
파다한 이 냄새를 없애려고
여기저기 연꽃 수련 등속을 심은 거다
끝도 갓도 없이
함께 기숙하던 벼랑 부처의 눈두덩과 귀때기와 입 둘
레가
문둥이마냥 닳은 걸 보면
필시 단속 꽤나 시켰던 거다
무릎 꿇고 재배 삼배 백팔 배 삼천 배 올리는 행자들
보기가

하도나 민망해
공연히 내려 보기가 여러워
실기죽한 눈웃음을 시도 때도 없이 흘리는 거다
향긋하니 연화 미소를 실실 띄우는 거다

그런 줄도 모르고
천년이나 묵은 이 영감탱이의 코를 갉아먹고 생겨났다
는 나는
지독한 쿠린내 때문인지는 몰라도
맨날 얼굴 손 발 씻고
씻다 못해 아예 목욕재계하고 살갗에다
은근살짝 향수도 뿌려 보는 거다

당산나무 상제(喪祭)

농협 직원이 찾아와 한바탕 을러댔다

낭묘같이 야광 눈 치켜뜨고 앙칼지게 뜀들던 악다구니에

부들부들 떨었다 사내는

딴 때와는 달리 일습을 꾸린 여자의 손길 알아챈 듯했다

구들더께 엉덩일 들추고 종이 기저귀 갈아 주는 윗목엔

배불뚝이 보퉁이 두어 개

짐작 가는 바가 있어 예의 주시했으나

경광등 휘돌리며

일일구 구급대원들이 부산스러울 따름이다 알싸한 약

해냇내 풍기며

구급차 들것 옆으로 새까마니 삐져나온 기름때 밴 손

톱만

언뜻 보였다 야밤을 틈타

흰 광목천 멜빵짐 덤턱스럽게 걸머지고 나서는 여자를

차마 어쩌지 못하고,

어찌하지도 못했으니 암만해도 고샅 맨 끄트머리 집

조등은 내가 내걸어야 하는 생각이 불쑥 들었다 일가

붙이 한 톨 없는

여틈한 민어둠의 하늘 귀퉁이

저 새치름한 그믐달부터 부고 띄울 채비를 해야겠다,

맘먹는데

그새 문상이라도 들었는지 낯익은 밤새가 구성졌다

염

볕이 났다
휑하니 하얀 담벼락의 물금 같은 머릿결도 닦아 주었다

가드라든 반편의 노구를 끄집어내 거풍하듯 고슬고슬
말려 주려 애썼다

텅 빈 쌀 항아리 속 같은 독거의 반지하 방
유일하게 찾아온 붉덩물이 사나흘 묵고 간 뒤였다

맏상제

맞절하는데
무릎에서
우드득, 꺾이는 소리가
났다
젖은 눈
맞대던 상제
살아생전 저희 어머님과
얼마나 각별했으면
뼈마디조차 저절로 울겠냐며
멋쩍은 내 손
꼭 붙들고
다순 육개장에다 술 한 잔
손수 따라 주었다

조문의 봄밤

새벽같이 농공단지 일 나간 다라실댁

기름 더께 낀 작업복에다 고무단 횡하니 늘어진 팔 토시

긴 채 달려와선 줄곧 울어 댔다

조쌀하고 숫접은, 오십 총각 외아들이 자울자울 지켜 선

옹색한 상청

드문드문했던 조객들 내왕마저 끊기고 밤늦게 소쩍새

만 문상 중이다

그예 나도 조상하듯 휘두른 뒤란 살구꽃과

복(福)자 여릿한 연잎빛 밥그릇이 놓인 영좌 앞에 무릎

꿇으며

큰절 두 번 올린다

까칠한 수염 깎고 이제야 주름살 펴는,

다듬잇살 잘 오른 두루마기 영정 얼굴로 살구꽃 이파

리가 조화인 양 드리워졌다

밤새 되새김 여물을 씹던 외양간 부사리도

따랑따랑 목에 걸린 핑경을 상두 요령마냥 울리는 우

리 동네

마지막 재래 농사꾼 가시는 길

78

앵여 만장 앞장세우고 삼베 굴건제복과 볏짚 싸맨 대
지팡이 짚으며

곡소리 크게 상여 뒤를 따라붙지는 못했어도 꽃상여
머릴 붙잡고

노잣돈 듬뿍 내드리며 선소리 먹이진 못하였어도

이렇게나마 배웅이라도 해 드린다

염주마을 옛집에 들다

몇 갈래 길이 펼쳐졌다
어른 팔로 서넛 아름이나 되는 팽나무 당산 머리맡의
옛집 가려면
우선 까치고개 아테나산자락 휘감고
삐비꽃 다복한 공동묘지의 덕림재 가로질러 수박등을
숨차 넘었다
양동시장 닭전머리 돌고개 쪽에서 오려면
철조망 울타리 너머
덩치 큰 군견 셰퍼드 왕왕거리는 미국 선교사의 언덕
위 하얀 집을 거쳐,
땡이만화집과 떡방앗간이 소재한 신촌마을을 지나
종종 하굣길의 책가방 꼬붕을 살았던 월산마을 휘돌
았다
정월 대보름 어간쯤 월산마을 아이들과 앙앙불락 돌
싸움을 벌이다,
커브 그리며 날아드는 둥글납작한 짱돌을 미처 피하지
못하고 얻어맞은 이마빡
아까쟁끼 번진 붕대 대신 된장 발라 보자기로 감싸 묶고

쥐불 깡통 돌리는 쪽돌댁 밭머리를 배시시 지나쳤다

십 리도 넘는 하굣길 태워 주지도 않고

흙먼지 풀풀거리며 그냥 지나가던 말구르마 얄미워, 꼴린 말좆에

한 움큼 세모래 뿌려 오므릴 수도 없게 샘통 부리던 탱자울집 번죽개를 에돌았다

가뭇가뭇 흐릿한 옛집을 거슬러 가자면

새물내 풍기는 신앙촌의 물색을 팔던 전도관을 반드시 지나쳐야 하고,

파릇파릇 돋아나는 새순의 힘에 받혀, 살얼음이 가장 먼저 바스러지던 주막샘가 미나리꽝을 거쳐

푸하얗게 학들이 날아들던 똥뫼의 오솔길로 접어들어야 했다

직사각 화강암에 갇힌 선각의 부처가 가부좌를 틀고 앉아 시줏돈 내놓으란 듯

왼 손바닥 내밀고

오른손으로는 구부린 중지를 엄지 끝으로 힘주어 누른 채 이마를 때리는 시늉해서

곧잘 돈 낼래 꿀밤 맞을래, 놀려 대던 마을 들입에서

얼추 이마의 땀 훔치며 여릿한 찔레 순 꺾어 먹으며

저 멀리 방죽보 아찔한 다릿거리 보성굴을 쳐다보는데,

너머켠 어리중간에 붉덩물의 네모샘이며, 거머리 들끓던 도깨비샘이며

하필이면 실성한 광주댁이 왜 농약병 물고 빠져 죽었는지, 궁금한 버선시암도 보였다

그리고 개헤엄 치며 멱 감았던 두어 개의 이름 없는 둠벙 발치

열댓 명 식구들이 오글거리던 홑겹양철지붕의 단칸방 옆에

논두렁 오르막을 낑낑 올라채면 아카샤 우북한 방죽숲이 있고

숲에 흐르던, 전도 나온 여름성경학교 여학생의 해맑은 찬송가를 회억하며

나는 이미 비석 많은 지당 죽장거리로 접어들었다

이 길은 송정리 쪽에서 잿등고개 넘어오는 지름길인데

남로당 당수 박헌영 씨가 숨어 살았다던 붉은 수수밭

의 벽돌 공장 지나,

　생솔 꺾던 제 누이를 겁탈한 산감한테 조선낫 들고 대
들다 붙잡힌 꾀복쟁이 친구의 소년형무소를 거쳐

　냅다 콧잔등 감싸 쥔 채

　똥구덩이 많던 방귀마을의 깔끄막 고갯길로 숨차 올랐다

　살짝 쳐다보기만 해도 가려운 개옻나무 피해

　허겁지겁 논 건너 솔수펑이 가로지르면 천둥시암이 보
이고

　한여름에도 손 시린,

　생각만 해도 으슬으슬 닭살 돋는 샘가에 엉거주춤 쭈
그려 앉아 쉰내의 땀자국 씻고 나면

　폭풍우에 씻긴 붉보드라운 황토에 도드라지던 파란 녹
의 청동 칼빈 총알과

　아카보소총의 탄알이 구들거리는

　짜구대밭머리 선잘동이 손에 잡힐 듯 눈에 선했다

　이쯤 해서 다래 머금은 목화밭의 도감넘이 지풍골에
옴팍 자리한 돌부처 한 분이 반개한 눈을

　묘하게 뜨고 실웃음 치는

시도 때도 없이 시주와 공양을 받던 독암사가 보이고

은근슬쩍 커다란 젖통을 윗옷 새로 삐져 내놓은 채 탁
주 잔을 이물 없이 건네던 과부댁 종례네 점방도 보였다

여기서 또, 한 오십 보쯤 떨어진 건너편으로 가다 보면

퇴로 끊긴 일본군이 숨어 지냈다는 토굴 뒷고샅이 거
멓게 눈에 띄고

닭 멱을 낚아채던 살쾡이 송곳니처럼 대뿌리가 벙글써
하게 삐져나온

그래서 늘 소름이 오싹 돋던 거길 다 지나면

희다 못해 옥양목처럼 연둣빛 감도는 자두꽃 어린 다
락방, 코딱지만 한 봉창만으로

청청 하늘이 죄다 보이는 염주마을 옛집인데

수십 년씩 묵은 장작더미에 황구렁이 햇빛 감아 돌며
등줄기 자르르 빛내듯이

문안 가는 길이 이처럼 길고 멀었다

가까스로 굽이굽이 누비어 가듯 싸묵싸묵 거슬러 들
어도

한 오륙십 년은 족히 걸리는 길이

새삼 정겹고도 서럽고, 서럽고도 정겨운 것은
　내 본가의 옛집을 잊어 먹을 만큼 하루도 강렬한 생을
살지 않았으면서
　이미 한물간 내가 여기에 이르는 까닭이다

명자나무 서슬

모들뜨기 여자
밥 빌러 왔다가 자갈돌을
냅다 얻어맞으며 쫓겨 간 데였다

눈시울 하분하분 젖으며
실밥 터진 겉저고리 사이로
언뜻 비친 젖무덤같이
봉긋한 돌 더미께
꽃나무가 간혹 망울지던 자리였다

내가 던진 돌팔매에
불그죽죽 밴 동냥치 이마 머리의 몽우리처럼
핏발이 서린 채 웅크리고 앉아
째려보던 곳이었다

잔뜩 오솔해지는 겁결에 아홉 살 때의 내가
이순 가까운 나이에도
아무 노래나 생각나는 대로

돼지 멱따는 듯 고래고래 내지르며
애써 넘는 당고개였다

4부

너에게 파묻히다

너에게 갇히다

우물 팔 자리
삽 세 자루의 길이만큼
빙 둘러
금 그어 놓고
삽날 끝이 벌써 닳도록
서른 자 남짓 파면

가까스로
허리 굽히고
흙 퍼 담은 두레박줄
수백 번씩이나 끌어당기는
깊이만큼
점점 파 내려가면

행동거지가 옹색해진다
파 들어가는
넓이가
거꾸로 선 원뿔처럼 좁아지고

좁아져서
빠져나가지 못한 극지가 생긴다

너무 깊어서 사무치듯
아, 하고
캄캄하게 소리치면
둥글게 땅이 트이면서
어, 하고 소리를
환하게 받아 주는 공명일 듯
너에게 파묻히는
푸욱 파묻히고 싶은 일이
바로 그러했다

상견례

초면 치고는 낯설지가 않았다

농협 빚 얻어 베트남에 간 외동아들
맞선 보고 와선
숫처녀 증명서까지 발급받았다며
헤벌쭉 인사시키던 그녀가

낯설지가 않았다

맹호부대용사로 파병 가
야자수 정글에서 겁탈하듯이
애 배게 해 놓고
꼭 다시 돌아오마고 덧없는 언약을 슬어 놓고 귀국했
던 재당숙

하마터면 흰 아오자이 차림의 옛 여자 이름을 부를 뻔
했다

꼽꼽쟁이

새끼 밴 개 밥그릇에다
마른 멸치 몇 마리 더 넣어 주는 것조차
씀씀이가 헤프다고 탓했다
밥 먹다 흘린 두리기상 밑의 밥풀때기 주워 버린다고
회초리 눈빛을 부라리었다
드문드문 떨어지는 마당가 수돗물 한 방울에도
냅다 뛰어가 꼭지를 꽉 틀어 잠근 것은 물론이거니와
곰팡이 슬은 슬레이트 지붕골을 타고 내린 헛간의 낙
수조차
허드렛물로 쓰려고 양동이를 이내 받쳐 두고는 했다
나는 아버지와 똑같이
길쭉하고 갸름한 면상 이마에 파인 주름의
깊이랄지, 늘 머리를 좌편향으로
기우뚱해서 삐뚤이라는 별명 소리까지도 물려받았다

삼 년 탈상 마친 한참 뒤에도
아버지를 본뜬 습속이 내 생활에 점잖게 앉아 계시다가
시시콜콜 야단치며 간섭을 하는 것이었다

손바닥 낙인

콩깍지 듬뿍 등겨 넣고 쇠죽부터 끓인다
느지막이 들일하고 돌아온 뒤에도
일 부리던 짐승부터 먹여야 한다며
가맛바가지 가득 퍼 담는다

야삼경 다 되어서는
먹다 남은 밥 찌끄래기 모아 들고
이놈의 팔자가 상팔자라며 욕도 됫박으로 퍼붓고
수캐 대가리 탁탁 때린다

허구한 날 처자빠져선 뺀들거리며 집짐승이 다 된
나의 등짝
엄니의 손바닥 자국이
찰싹 찍힌 것도 별반 다르지가 않다

형

느닷없이 꼬꾸라져
제사상 모서리에 머릴 찧었다
있는 대로 새하얀 눈창 까뒤집고 게거품을 물었다
번번이 아버지가 못다 보고 간 이승의 소식
진설이라도 하듯
몸을 배배 틀며 바들바들 떨었다
도무지 손쓸 수가 없어
우두커니 지켜만 보았으나
떼굴떼굴 굴려 버린 홍동백서 햇과일을 음복 삼아 베
어 먹으며
치솟아 오르는 소지의 불티를 바라보며
아버지가 절대 몰라도 될 지상의 온갖 기밀을 빼돌려
고해바치는 중이라 여겼다
간질 앓듯이
사는 게 꼭 천형 같아
닳아빠진 작업복 바지 뒷주머니에 안창 내밀듯 혓바닥
헉헉대며
삥이 친 여러 날을 알알샅샅이 일러바치는 거라, ……

참 여러 가지로 많은 생각을 자아내었다

불두

광주국립박물관
야외전시장
폐사된 절간에서 옮겨 왔다는
몸뚱이 없는 석불 머리

꽃이 진다
발목 아프다고 앙살 부린 딸애
업혀 놓듯
앉혀 놓았더니 툭, 이운다
통째 모감지를 댕강 떨어뜨린다

무등 태웠던
딸애 엉치뼈에 눌려 쥐가 난 목덜미
어루만지는데
석불이 배시시 웃는다

목 떨어진
꽃송이 주워 든 딸애 손바닥에

동백이 또 한 번 피듯이

입김

소낙비
한차례 지나고
젖은 등짝에 더운 김이
훅 끼치자
자꾸 고갤 도리반거리며
귓불
살짝 발그스름해지는

뒤란 삼밭의
채마 등속 팔러 가는
두리함지박을
이던
족두리 수건 깔고 앉은 엄마의
궁둥이 자리와 같이
꼬들꼬들 마른

우장 가져다드리다가
얼핏 엿본

말없이 따끈한
빗방울을 불어 말리는 입김은
누구였을까
나도 잘 아는 사내의
단내 섞인 입바람 같은

월광욕

처음엔 윗도리만 벗을 요량이었다

예리한 낫 모양처럼 내걸렸다가
저 홀로 둥글어져 빛나는 달이 하도나 맑아서
점점 이울어 가는 달빛이 참 아까워서
나는 그만 아랫도리마저 홀딱 벗고 말았다

벗은 몸뚱이 툭툭 치며 밀려오는 달의
결이 숫처녀마냥 풋풋하게 수줍다
인기척 아랑곳없이 너럭바위에 큰대자로 붙어 벌러덩
눕고
또 다른 체위로
이지렁스레 구멍이란 구멍은
다 열어 재치고 월색을 꽉 채운 알몸이 백야처럼 시뿌
예졌다

산그늘 벚나무 꽃조차 더욱 희고 환한 이런 날에는
산짐승 짝 찾기가 어렵지 않겠고

매삭 부어오른 듯 뻐근하고 당기고 쑤시고 뒤틀려서
붉게 비린 자궁의
빈 냇내를 풍기던 여자도
훅 끼치는 달 기운을 금방 알아차리고는
은근슬쩍 품 안으로 파고들었다

어떤 벌(罰)

식전 댓바람부터 씩씩거린다
코 짜부라지다시피 땅딸한 신접의 형수
쌍붙은 땅개를
간짓대 들고 막다른 고샅까지 몰아붙였다

몰아붙이다 말고
찬물 한 바가지 냅다 찌끄러 대다 그만,
다릿심 반남아 풀려
지르밟은 나락멍석맡의 당그래에 이마빡을
된통 얻어맞았다

그걸 지켜본 형이 이런다 소가지 없이
저도 엊저녁에
간짓대 들고 와 쌔려 불고, 물을 짝 찌끄러 댔으면 좋
아했까니
훼방 부리냐고,
퉁을 놓았다 아무짝에도 쓸모없는 짓거리를 했다는 듯
슬그머니 뒤돌아선

한참이나 눌러 앉힌 홍안대소
배꼽 잡고 터뜨렸다

그예 엄니도, 형의 꼬락서니를 데억지게 나무란가 싶더니
덩달아 벌쭉거린 속내를 끝내 참지 못하고
멋쩍게 애먼 입방아를 찧었다
아가, 삼신할미가 되게 노해서 벌을 준갑다!

침 몸살

잠결에 밤 오줌 누다가 얼결에 엿들었다

침 묻혀 뚫은 초야의 문구멍으로 새 나오는, 앙다물다
못해 내뱉는
가녀린 비명

호들갑스럽게 일러바치자

양 볼에 살짝 홍조를 피우던 엄마는 침 몸살 앓는다,
하시며
나한테만 괜히 행 궂다, 나무랐다

비 몸살

저걸 무어라고 해야 하나
유유히 지느러미 살랑거리는 버들치
연못 밖으로 냅다 튀어나와 땅바닥 쳐 대는 걸
무어라고 해야 하나
하늘 한쪽 검기울고 아등그러져 갑작비 품은 날에는
멱 붉고 등이 검푸른 새
기울기 삐딱한 마당 스치듯이
날랜 곡예비행을 하는 거나
무수히 제 몸을 쳐서 공중에 고정시키던 때까치
급강하해 낚아챈 버들치 급소를 탱자 가시에 꽂아 쪼
는 걸
무어라고 해야 하나
그 뉘한테 배운 적 없어도 이미 알고 있다는 듯
거먹구름 속의 비 냄새를 맡을 줄 아는 저걸 나는 다만
본래부터 타고난 천성으로 여기지만
그저 욱신욱신 쑤셔 대는 뼈마디를 다독거리며
다들 비 몸살 앓는다는 엄니의 단호한 말에는
아무런 토를 달 수가 없었다

한 식구

절집 근방까지
전도 나온 목사를 쳐다보는 스님의 눈빛이
그리 곱지 않았다
또 한바탕 치고받기라도 할 듯 목사도 도끼눈을 떴다
마을 사람을
제각기 자기편으로 만들려고 힘겨루기 하는
이번 참에는
목사가 이겼다고 생각했다
일주문처럼 서 있는 절간 오리나무
벼락 맞아 중동이 꺾인 요번에는 교회가 이겼다고 생
각했다
중세 성 망루 같은 흰 벽과 지붕 첨탑의
십자가 테두리 따라 깜빡이 꼬마전구 불이 반짝반짝
빛났으므로
목사가 승리했다고 여겼다
주 예수 크라이스트가 강령한 듯이
기쁘다, 찬송도 하였다
성탄 선물 한껏 고대하며 풀방구리 쥐구멍 드나들듯

뻔질나게 오갔다

부처님 오시는 초파일 어간에는

직통으로 벼락 맞은 흉터의 오리나무에 사리처럼 움튼
연둣빛 씨방울마냥

고물고물 내밀며 공양간의 산채 밥 꽤나 축냈다

줄줄이 연등 걸어 달듯 그저 한 동네 깃들어 사는 한
식구라고

신자가 돼 주었다 배교한 목사가 스님이 된 것같이

파계한 중이 전도사 된 것같이 절실한 신도가 돼 주었
다 번갈아 가며

번갈아 가며 열렬한 광신도가 되어 주었다

말경
명옥헌 4

요양원에만 계시던 엄니 모시고
소풍 갔더니요
쇠지팡이 짚은 배롱나무꽃이
한창이구요
화르르 져 버린 꽃들마저
연못 물낯을 죄다 덮어씌우듯
다시 피어
절경이더라구요
또 한 번 다시 핀 그 꽃잎들을요
꽃상여 떠멘 듯이
이고 지고 떠다니던 붕어 잉어의
이마 머리와 소금쟁이 장딴지도 불끈거리고요
그걸 휠체어에 앉아 말끄러미 쳐다보는
엄니가요
못물에 뒹구는 꽃향기라도 맡았는지
살포시 웃는데요
배롱나무 간지럼 타듯 웃는 꽃과 같은
그 웃음이

나는 미처 유음인 줄도 모르고

헤부작허니 꽃구경 한번 잘했다고

덩달아 웃기만 하였다니까요

하숙

금당산 상수리 몇 알 주워 와 생물 없는 베란다 화분
에 놓아 두었더니 싹이 돋았다
십수 년째 일매진 연둣빛 이파리들이 봄날처럼 환했다

주인 여자는
참교육을위한학부모회에 나간다
큰애는 재즈 피아노 친다고 방 얻어 서울로 갔고 밤 늦
게까지 청승맞게 대금을 불어 대던 둘째는 연수 받으러
국립국악원에 가고 막둥이는 대안학교에서 기숙한다

일 나갔다 오면
원고료 대신 수령한 문학 잡지 읽고 자필 서명해 온
시집도 서넛 읽고
그저 쥔 여자가 시킨 대로 빨래도 개켜 놓고 개수통에
그득한 그릇도 씻어 놓고
서툴게나마 저녁을 안쳐 놓을 때도 있지만
한눈팔지 말고 곧장 집으로 오라는, 쥔 여자의 엄명에
서 어긋나 옆길로 샜다가

술깨나 취해 현관문도 못 찾고

아파트 층계로 굴러떨어져 뇌진탕을 심히 앓던 나를 쥔 여자는

정성껏 간호해 주기도 했다

물론 공짜는 아니었다

간혹 생각지도 않게 창작지원금 같은 불로소득이 생기거나 인세라도 조금 받으면 순순히 갖다 바쳤다

빚보증 선 자형의 사업 부도 때문에 거저 살기도 하였지만

대학 등록금이나 대금의 사사비용 또는 수익자 부담의 현장학습 청구서가 날아올 때는

쥔 여자 표정이 곱지 않았다

호랑이띠의 본색을 드러내며 뻐드렁 송곳니를 곧추세우고 어찌나 으르렁거리는지

생각 같아선 거처를 확, 옮겨 버리고 싶게 아니꼽고 못마땅해도

어딜 가든 이만한 집이 없을 듯싶고

또 달리 갈 데도 마땅찮고 그렇다고 쫓겨날 염려도 없
는데

괜히 집 옮긴다고 했다가 쥔 여자한테 귀싸대기라도
얻어맞는 듯이

통 꽤나 들을 것 같아 곱다시 눌러앉기로 했다

몇 날이 될 줄 모르겠으나 그냥 머물러 보기로 작정했다

상중(喪中)

달밤

아무래도 오늘을 넘기기 어려울 것 같다고
연락이 오더니 넋 나간 듯 아버지
혼자 울고 계시고
축 처진 심장 맥박이나 산소 호흡량 보며
삭신이란 삭신은 다 주물러 드렸더니 화색이 돋았다
발가락도 꼼지락거려
한 서너 나날은 너끈히 견디겠다기에
곡기 끊고
버티시겠다 하기에 잠깐 학교운영위원회의 갔다 오고
늦저녁의 조촐한 내 생일 밥 한술 뜨는데
그만 운명하셨단다 유언이나
유서도 없이 지켜보는 식구도 없이 혼자
가는 길 배웅도 못 했다고 아버지는 또 까마귀처럼 울고
종작없이 요양 병실에 하도나 누워 계신 터라
등짝이 된통 짓무른 채
늘 먼산바라기 하던 눈동자 단정히 감으시다가

허기가 일었는지 틀니 빠진 움푹한 입시울을 보름같이
둥그스름 발리는 것을
나는 지상의 마지막 밥술인 양
들창의 검은 휘장을 거둬 내며 달빛으로나 떠먹여 드렸으니
만재한 어머니의 먼 길 조금은 환하겠다

흙밥

어딜 가신다요 승무 고깔
하얗게 쓰고 분 바르고 홍지
곤지 찍듯 홍화빛 입술연지 곱게 바르고
황포 삼베 모시옷 잘 차려입고 어딜
가신다요 아버지 몰래
어디에다 숨겨 둔 남정네라도 있었습디여
평소 안 하던 분 단장에다
옷매무시 오롯이 가다듬고
처녀 적 사진보담 더 요요하게 차리고 어딜

가신다요 나한텐 죽을 때까지

없어지지 않는 상처

누구한테도 주지 말라고 해 놓고선

이통 부리듯 구멍이 숭숭 뚫린 제 허리등뼈

널 방 한 칸 없다는 듯이

제일 편하고 알맞은 수평 자세로

칠성판에도 누워 보고 그렇게 반듯이 땅속으로

파고들어 간 오동나무 방 한 칸

그리도 좋아 보였습디여 울긋불긋 펄럭이는 만장

앞장세우고 꽃상여 타고 간께

호강이라도 부린다고 생각했습디여 여태까지

무르팍 닳게 흙만 파묵고 살았응께

인자 흙밥이라도 되러 가셨습디여

들밥

칠칠재 끝나고

햇볕등 곁에 빙 둘러앉아 밥을 먹는데

무심코 산소 아래
허리 굽은 황토밭 고구마 캐는 아낙이 눈에 띄어
같이 밥 먹자고 청하였더니
몇 번 극구 마다하다 따라나선다

흙 묻은 손 탈탈 털고
머릿수건 벗어 이마의 땀 훔치던
나보다 한 살 어린 귀밑머리 어여쁜 아버지의 여자가
두레밥상에 같이 앉아
밥 먹는 것 같아서
물끄러미 봉분 한 번 더 쳐다보았다

묏밥

칡뿌랭이가 묏자리 속으로 파고든 줄 알았다

파인 멧돼지의 발자국 흔적이 어지럽게 흩어져 집게덫 놓고
　돼지목매도 쳤다

　파묘된 봉분이 봉긋이 복구례(復仇例)되니
　이런,

　어머니가 주린 산짐승에게 젖부리를 내밀었단 생각이 드는 거였다

5부

치욕도 단련된다

봇물

물꼬를 트자
도랑물이 괄괄 쳐들어간다

마른논 구석구석
낮은 구석자리 남겨 두고는
멈추지 않겠다는 듯이
골고루 차
잉여의 봇물을 토해 내듯 역류하는
수평에 이르러서야
연둣빛 여린 볏모 들어앉히는

무넘기 흙
몇 삽 파 옮겼을 뿐인데 봇도랑
물 방향이 일순 바뀌었다

고욤나무집

잔뜩 등 굽고 빼 마른 나뭇가지에 멧새 떼 잦아드니,
뉘 온 줄 알고
덜컥 방문을 열어젖혔다

가맣게 영근 마당귀 봉숭아 씨앗같이
세월의 외피를 툭, 벌려 비틀듯
여윈 눈빛 홉뜨고선
맨발 차림으로 대문 밖 한길까지 튀어나왔다

자글자글 쪼그라진 입매에서
나와 동갑인, 쌩하니 동네 한 바퀴 돌고 금방 오마고
집 나가선 죽었는지
살았는지 백방 수소문해도
자취조차 없는 외동아들 얘기할 적엔
명치끝에선가 자잘한 감꽃 냄새가 알싸하니 올라왔다

초승달 연정

현상금 노리는
서부영화 총잡이와 같이 눈썹 치켜올리고

고변했던 여자 후배를 일러바쳤다

극비리 유치장으로 송치하며, 그럼에도 나는 늙은 조
사계 말을
내 알 바 아니란 듯
한 귀로 듣고 한 귀로 넌지시 흘려보냈다

천리 밖 쪽창 너머
열닷새마다 찾아드는 가냘프고 애틋한, 말 못 할 속
사정
십수 년째 바라보며
아무런 군말 없이 징역을 살았다

첫눈

앞서가는
이점오 톤 트럭 짐칸에 층층이 쌓인

굵은 철사 얽어 만든 망사 닭장 사이로
붉은 볏 굽은 머리를 빼꼼 내미는

흰 닭

목,
털이 휘날린다

긴급호송버스 조수석에 앉은,
햇볕 한 번 그을린 적 없어 뵈는 민낯의 애리애리한 여자
태극장 둘레의
무궁화이파리 세 개짜리 계급장 어깨 너머

손가락 죄다 편 채 손톱 끝의
간당간당한 주황, 점점 옅어지는 꽃물을 한참이나 굽

어보는 걸
　흘깃 훔쳐보는

　늘 치켜올라만 가던
　내 눈썹도 흰 깃털 내려앉듯이 살포시 누그러뜨렸다

치욕도 단련된다

네 다리 꽁꽁 묶인 生돼지 근수 뜨듯
수제봉걸레자루에 빗장꽂이당한 채
취조실 두 철제 책걸상 사이로 걸쳐지고도 되바라지게
버렸다
버텨 보려고
눈 치떠빨고 고개 빳빳이 쳐들면
온몸의
피가 거꾸로 쏠렸다 내 의지와 상관없이
이내 축 처져 대롱대롱 매달리는 대갈통이 그저 수치
스럽단 걸
수치로 버틴다는 걸
처음 알게 된 뒤로부터
고개 숙이는 것쯤은 일도 아니다
적어도 나에겐
밥 빌러 가는 건 단지 애쓰는 것뿐이어서 그뿐이어서
푹푹 무릎 꺾이는 소리도 여러 번 냈다
절로 꺾는 만큼 충분히 단련되는 이 치욕
익숙해지듯 그 앞에 머리 굽혀 자주 꿇는 버릇하니 외

려 단단해져
  이까짓 고문쯤 언제라도 당할 용의가 생겼다

끼니

매 맞고
물비린내 풍기며 전깃불에 탄
심증은 가나
물증이 없는 의문사의
친구 생각에 좆나 쫄아서
밥커녕 어쩌다 빌어먹는 빵 조각조차
먹는 둥 마는 둥
잔뜩 도사리다가
혼자 잡혀서
취조받고 한밤중 교도소 끌려가
빤쓰 벗고 엉덩이 까고
엎드려 똥구멍 쫙 벌려 검신받고
좌우 면상의 반명함판에다 전면 사진 몇 장 박고
비로소 무사히 살아남았다는 안도의
감방 생활하는데,
하루도 거르지 않고
여호와증인 또는 조폭 행동대원 출신의 소지가
배식해 준 독거방

삼시 세끼 고봉밥 피둥피둥 다 챙겨 먹으면
속이 더부룩해져
뻥끼통 가는 일이 잦았다 외려 바깥에서
영치해 준 반입 금지 서적 돌려달라고
단식 농성하는 속이 훨씬 편했다

매병

505보안대가 있던 잿등고개쯤 살고 계셨다
남편이 끌려온 곳이란 걸 알고
예까지 면회 왔다가 삼십수 년째 눌러앉았다는 여자
예전 같지 않게 정신이 가물거렸다
수형 마치고 인사차 찾아갔더니 뜬금없이 이숙 이름을
부른다
며느리가 밥도 안 준다고 일러 댄다
며느리보고 엄마라 부른다
정신이 멀쩡하다가 내가 오니까 저런다고 그런다
이왕 그럴 거면
간병인 파견하고 생활비도 지원해 준다는 구청의 사회
복지 담당
망령 정도를 확인하러 나올 때나 그랬으면 좋겠다고
이종형이 혀를 찼다 이종형 보고도
사복 입고 온 군인이라고 고집한 것도 한두 번이 아니
란다
사복 입은 군인에게 속은 여자가
남편의 숨은 거처를 일러바친 것이 도져 노망이 발동

한 것이지
　나를 보고 몇 번이나 이숙 이름 부르며
　미안타 했다 연정 품은 여자 후배로부터 밀고당한 내가
　감옥 갔다 온 걸 꼭 아는 눈치였다

지혜학교*

신상명세서가 국정원에 사찰당했다
불온서적 제작하고 이적 단체를 고무 찬양했던 전력이
들통나
조금 켕기기는 했지만
눈썹도 까닥하지 않았다 이런 까닭에

구멍 난 복도 바닥 때워 주고
막힌 화장실 변기 구멍 뚫고 빈 휴지 걸이에 화장지
채워 주고
폭풍우에 날린 기숙사 지붕 수리하고
근동의 과수 서리하다 들킨 애들, 주인한테 사정사정
빌며 데려오고
화단 잡초 뽑고 운동장 웃자란 풀 메고
몇 날 며칠 체험 학습 나간 당번 대신 생태 텃밭 물 주고
부서진 책걸상과 식당 밥상 고치고

전세 임대한 폐교의 학교 밖 학교에서
없는 걸 채워 주고 낡은 것을 새것으로 바꾸는 나의

모든 행동반경에는
　아무런 동요가 일지 않았다
　그들은 이런 것조차 염탐하고 기록했을 것이기에

　생태 삼밭에 뿌린 씨앗은 무엇이고 물은 언제 주는지
　재정이 열악해서
　납기 후 공과금 고지서 들고 몇 번이나 은행에 다녀오
는지
　점심 먹고 여학생들과 함께 산책 나가
　운동장 귀의 늙은 적송과는 어떤 대화를 나누었는지
　교출한 학생 때문에 심각한 담임 여선생과 우려낸 상
담실의 황차는 몇 잔째인지
　책상 좌측 귀퉁이에 무슨 책을 쟁여 놓고 즐겨 보는지
　초청한 민주화운동 인사의 특강을 새겨들으며 메모하듯
　간혹 이면지 뒷면에 애써 써 놓은 시를 왜 꼬불꼬불 구
겨 버리는지
　입학이나 편입 상담해 온 학부모들과 어떤 말을 주고
받았는지

(아차, 이건 도청당했으니 굳이 말할 필요가 없겠다)
　기러기 줄지어 가는 일몰의 하늘을 보며 왜 퇴근 걸음
을 멈추는지
　그땐 무슨 표정을 지었는지

　감시하듯 그들이 예의 주시한 바에 따르면
　도대체 이 학교 밖 학교에서 빚어진 나의 일과 중에 무
엇이 온당치 않다는 걸까
　아니, 그들의 사찰대로
　내가 다만 들통난 듯 쫄린 게 있다면,
　있었다면 가령 이러한 것이기에 사실 불편하기도 했다

　하루 일과를 되짚어 보며
　묵학 명상하듯 맨날 교내에 있긴 있었으나
　아무래도 중요한 일, 한두 가지쯤은 미루어 놓다가 꼭
빼먹은 것 같아
　괜히 마음이 편안하질 못했다 근무 태만이나 한 듯이

* 광주광역시 광산구 박호등임로에 위치한 미인가 철학·인문 대안학교.

늦은 목련

뭣 모르고
얼결에
시위 대열 붙좇다가
태극기 덮인 상무관의
시체 더미 보며
지레 겁먹고 도망치는

도청 뒤편
한 주먹 쌀밥 모양
몽우리를 매달았던

응달의 담장께
총 한 자루
가만 받쳐 놓고
앉아
넌지시 웃던
교련복 차림의 고교 동창이
검은

교모 턱 끈을 꽉 조인 채
공손히 받쳐 먹던

희고 둥근

분수대 보이는 가두에
행상 광주리 이고 온 동창 어매가
갓 지어 낸
주먹밥을 여전히 내고 계셨다

광주공원

불 달군 가스 분사기가
쉭쉭 소릴 내며 돼지머리를 꼬실라 댔다

빨간 고무 다라이에 뒤엎어진 간 쓸개 콩팥 내장 즙이
얼크러져 개천을 타고 흘러갔다
씻겨 가듯
둥글게 부푼 가루비눗방울에 서린 무지갯빛 광채

복개된 양동시장 상가 밑으로 해서
흰 극락강까지 쭉 여울쳐 갔다

절절 끓는 뼛국 즐비한 들입에서
축 늘어진,
이마에는 팥알만 한 총구멍 뚫렸고, 두개골 뒤쪽에는
구멍이 휘돌아 더 커진,
수박덩이만치로 뽀개진 시체 팔다리 붙들고
두 공수부대원이
힘껏 트럭 짐칸으로 집어던지던 광경이 불쑥 튀어나왔다

비위 건들듯 상하듯 눈창 하얗게 까뒤집고
바닥에 드러누운 채 토해 내듯 게거품 물고 바들바들
진저리 치는
진저리 치며 씹고
또 씹으며 욱여넣고는 했다 잘 우려진 국밥 한 그릇의,
몸서리
몸서리 쳐지는 엊그제와 같은 옛일
오래 정들어서 못 떠나보내듯 껴안고 살았다

수선화 피는 망월28-2번지

1.

늦눈 내린 북향에

한데 뭉쳐져

감싸듯이 희게 빛나서, 푸근한

무덤 앞

어매가 심었다는 수선화 촉에

금이 벌어졌다

벌어진 금으로 틈 생겨 땅거죽이 열렸다

좀 더 넓은

넓어서 좀 더 나은

세상으로 가는 통로와 같이 어매의

수선화가 한껏 피었다

2.

술 한 잔 치다가

막소주 한 모금에도 금세 붉어지는

얼굴이

문득 생각나 묏등에

쑤실쑤실 욱은 잡초 솎는데,
묘비명 읽던 딸애 눈동자 호동그레진다

매 맞고 불로 지져진 듯이 그을린 자국의
웃통을 드러낸 채
가까스로 뜬 눈동자
부릅뜬 너의 진상규명사진첩을 익히 보았던 터라
몹시 겁이 난 모양이다

얼마나 서운할까, 살아 있으면
저도 이만한 자식 두셋은 두었을 터인데
볕바른 무덤만
덩그마니 터를 잡았다

저도 늙는가, 무덤귀가 살짝 헐었다

3.
나만 멀쩡해서 미안한,

살아남아서 더 아픈 한 시절
네가 살아남았다 한들
마음 편치 않긴 너도 마찬가지였을 것이다
몸 도사리듯
가장 구석진 자리에 앉아서도
새맑게 웃는 버릇 여전하구나
앳된 흑백의 청춘과
붉은 산그늘 드리워진 영정맡에 향 피우듯
담배 한 개비 물려 놓고
예서 눈빛 치떠 뜨며 몇 발자국 떼면
확 붙었다 꺼져 가는 성냥개비의 뼈 그스름같이
고스란히 밴
비명, 그러나 증거 댈 수 없는 무등의
청옥동 4수원지 기슭을
후다닥, 쫓겨 뛰는 숨 가쁜 발자국 소리
여전히 들리듯 보이는데
보이듯 들리는데
어쩌자고 나는 너를 먼저 보내고 매번 바람의

조문만 받는 것이냐
너를 먼저 보낸 서러움의, 분노의 무게는 자꾸만
자꾸만 아련해져 가벼워지는 것이냐

* '28-2'는 고(故) 이철규 열사 묘지 번호. 열사는 1989년 광주 조선대학교 교
  지 '민주조선' 편집위원장으로 활동하다 국가보안법 위반 혐의로 공안합수부
  의 수배를 받고 도피 생활을 하다가, 광주 북구 청옥동 무등산 제4수원지 기
  슭에서 의문의 변사체로 발견되었다.

봄동

깍짓동만 한 게
지푸라기 머리띠를 질끈 동여맸다

애칭 겸해
곧잘 갑장이라 부르던 동갑내기
식당 찬모도
유리 재단 칼
날렵히 그어 대던 조선족 재철이도
바람난 암캐만치나
눈빛 야릇한 달아실댁도
단칼에 싹뚝 잘려 나가듯 떠나갔다

일급 유리 재단사 이십 년 생활의 나도 그만
마음 부리지 못하는데
언뜻 스친 옷자락 같은 연분쯤이야,
내치듯 생각하다가
그렁그렁 먼 데 산이나
물끄러미 눈에 담고 견디는 이른 봄날

볕뉘가
뼛속까지 시려서
잘려 나간 사람들 마냥 그리울라치면

잔인정이라곤 눈곱만큼도 없는 공장장
꾀송질해
머리띠 질끈 동여맬 생각을
샛노랗게 품어 보았다

왼발잡이

겹질린 바른 발목을 지탱하자니
왼발이 더 시큰거린다
저는 다리로 힘의 중심을 옮길 때마다
내딛는 발걸음이
엇갈린다 부은 오른발이 들어 올린 몸
쓰러지지 않도록
왼발이 이내 받쳐
커다란 덩치를 지탱하느라
직립보행의 걸음걸이가 자꾸 비틀어진다
비틀어져 어긋난 관절이 어긋난 대로 엔간히 적응해
간다
뒤뚱뒤뚱 참 더디게 걸어간다
가야 할 길을
왼발잡이도 아닌 내가
왼발을 자주 사용해 이만큼밖에 못 왔으니, 누굴 탓하랴
몇 번씩이나 가지 말아야 할 길
거들렁대며 기웃거리다 발목 삔 나의 죄과인 것을
그래도 발걸음은 자꾸만 왼쪽으로 쏠린다

쏠리는 버릇이 생겼다 죄 치르듯 절뚝절뚝 시큰대고도
내 발걸음은 여전히 좌편향으로 치우친다

자정

탱탱 분 젖부리를 늘어뜨린 괭이가
한시바삐 들어가며 한껏 자세를 낮출 것이다
하늘 한가운데 달이
제 빛을 양껏 내리쏟는 마룻바닥의 옹이구멍 아래로
바짝 모로 눕는 젖가슴 향하여
저절로 고개를 직수그릴 것이다
촛불 집회 마치고 밤늦은 발걸음 자박자박 내딛을 여자도
소리날까 봐
빛을 만판 내리쏟는 달에게마저 바른 검지
입술 가운데 꼿꼿이 세워 붙이며
푸른 실핏줄 선명한, 물큰 배릿한 유향을 한껏 물린 채
나 닮은 아이를 다독다독 잠재울 것이다
두 다릴 공손히 모아 앉은 고공 농성 굴뚝에 비치는
저 달을 눈자리 나도록 바라도 볼 것이다

일죄재범

마루 밑 깊숙이 처박아 둔 워커

꺼내 신으려는데

한껏 모가지를 쭉 빼고 진노랑 테두리의 입부리를 잔
뜩 벌린다

뒤축 닳고 해진 속에다

언제 둥지 틀고 새끼를 슬었는지

도로 집어넣을 수밖에 별도리 없다 싶었다

꽤 많은 범칙금에다 훈련 기간도 곱절로 늘어나는데

날갯죽지 잔뜩 치켜들고 매섭게 질주해 오는 굴뚝새
내외 덤벼들듯

다그치는 예비군 비상소집 훈련

요번 참에도 불참할 수밖에 없다 싶어졌다

망각

자기공명단층촬영 필름에 새겨지듯
왼쪽 측두엽과 후두엽의 일부가 깨져
하야한 녹처럼 부종이 슬었다
말투 어눌하고 기억도
아렴풋해서 생각이 안 났지만 기억이란 그렇다
깨진 기왓장 가루 빻아
포름히 녹슨 놋그릇
짚수세미로 문질러 닦으면
번쩍번쩍 광이 슬어 얼굴 얼비치듯이
아무것도 잊히지 않는 기억의 처방약
장기간 복용해
생생하게 살아날 수 있는 것,
신경외과 의사 치유 용법대로 되살아날 수 있는 것이
라면
한 가지
단 한 가지만,
일테면 설령 누군가 그 한 가지에 대해 말을 꺼내더라도
처음 듣는 이야기마냥 귀가 쫑긋해지는 것

이것에 대해서만
기억나지 않았으면 했다
맑고 빛나는 기억의 저편에 탁하고 추하고 속악한 것
내가 척지고 등 돌리고 원수졌던 것
되살아나지 않았으면 하였다

| 발문 |

미안함의 공동체에 이르기까지

서효인(시인)

거울 앞에서

불콰해져 돌아온 어느 저녁에 거울을 보면 내 어릴 적 외삼촌이나, 나이 차 많은 사촌 형이나, 무엇보다 결정적 아버지의 모습이 거기에 있어 복잡한 마음이다. 적잖게 당황스럽고, 스산하게 외면한다. 부계라는 이름의 쓰잘데기 별로 없는 유전자가 흐르고 흘러 여기 머무는 탓에 그들과 내가 몹시 닮아 버린 것이다. 막 태어나서 얼마간은 쟤가 아버지와 똑 닮았다고 좋아하고 손뼉 치던 이들 꽤 있었겠으나 이제는 온데간데없고 나는 내 안의 아비를 지우느라 조용히 야단인 것이다. 고개를 흔들어 보고 미간을 힘껏 구겨 보고 눈을 질끈 감았다 펴 보는 것이다. 아무리 그래 봐야 거기에 있는 건 고향의 남자들을 닮은 나다.

155

조성국 시인의 신작 시집 『나만 멀쩡해서 미안해』를 읽은 날이 그랬다. 아버지보다 몇 어린 삼촌이 거울 앞에 불쾌한 나만큼이나 역시 불쾌하여 불화하는 마음으로 풀어내는 옛날이야기를 듣는 듯하여 신기했다. 많은 이야기가 심연이 깊었고 어떤 이야기는 딴생각을 품게 했다. 조금 싫은 삼촌 같기도 했다. 이를테면 짐짓 허랑하게 뱉는 군대 이야기와 위악적인 포즈로 진술하는 여자 이야기가 그랬다. 이런 고백을 하지 않고서는 발문을 쓰기 시작조차 할 수 없음을, 이 미안함을, 이 주저함을 누구라도 이해해주길 감히 바란다.

나는 거울 앞에 있고, 거울 앞에서는 누구든 어느 순간의 부끄러움이 떠오르기 마련인지라, 시인 또한 그러하지 않았겠는가. 그 숱한 날 거울 앞에서 착한 사람이었다가 나쁜 사람이었다가 그 모든 것을 품은 시인이었다가 하여 괴롭지 않았겠는가. 그 갈팡질팡함에도 결국 멀쩡하였고, 그래서 미안한 사내의 위악적 서정이라 불러도 좋을 긴 이야기가 이 시집에 있다. 불쾌한 불화라고 해도 괜찮을 벽돌색 사내가 그 이야기에 있다. 조성국 시인이 있다. 혹은 거기에 몸을 비추는 내가, 멀쩡하게도 있다.

구석 곁에서

온몸 둥글게 굽혀 말았다가
발밤발밤 내딛는 연둣빛 걸음마다
우듬지
휘어지고 또 휘어졌다

땅바닥까지 가닿는 휘어짐에 애벌레 튕겨지듯 근두박질 치는
순간 은방울꽃대
피잉, 튀어 오르며 꽃망울을 툭 터뜨린다

은방울 바르르 떨며 곧추서는 반동의 꽃봉오리 향기가
화안하니 앞마당 복판까지 번져 간다

— 「구석에서 생긴 일」 부분

채 서른이 되기 전에 시인을 만났다. 조성국 시인은 아마도 그때 마흔이 넘었을 터인데, 광주 문인 중에서는 어린 축이어서 어쩔 수 없이 나 같은 꼬맹이를 챙겨야 했던 듯하다. 그렇다고 곁을 많이 내주어 친근함을 드러내는 스타일은 아니어서, 웃는 듯 아니 웃는 듯한 표정으로 입술을 닫고 있을 뿐이었다. 밥은 먹었느냐고 묻고 먹었다고 하면 그랬냐고 하는 식이었던 것 같다. 짧은 시간이었지만

그때 어른들과 광주 북구청이며, 상무지구며, 곡성 섬진
강이며, 해남이며, 망월동이며 몇 군데를 다녔다. 나는 입
이 불퉁하게 나와 있을 때가 많았는데, 말하기 참혹하게도
구석이어서 그랬던 것 같다. 구석이라 할 수 있는 지역에
서, 또래가 아닌 선배 시인을 만나 보내야 하는 시간이 문
학적 갈증만 더해 주었다. 서울에 가 유명 시인을 만나면
가슴이 두근거렸지만, 구석에 와 덜 유명한 선배를 만나면
그냥 그랬다. 이런 불충한 고백을 글 중간에 앞뒤 없이 할
수밖에 없음 또한 당신께 이해받길 감히 바란다.

  거기에 조성국 시인이 있었다. 구석에 그가 있었다. 어
리고 못나 이리저리 눈알을 굴리던 젊은 녀석에게 그나마
눈길 한 번 더 주던 어른이었다. 그의 고향은 '염주마을'이
라고 한다. 보통 시인의 프로필에 기재되는 출생지는 시나
군으로 갈음하기 마련인데 이러한 구체성은 이례적이다.
나 또한 화정주공아파트에서 어린 시절을 보냈으니 그 구
체성과 멀지 않다. 그의 구석은 염주마을에서 비롯된다.
'염주'로 상징되는 불교적 세계관에서부터 저녁 먹으러 오
라는 소리가 다정한 향수(鄕愁)에 이르기까지 그는 염주라
는 구석에 머문다. 아니 떠나 왔으나 자꾸만 생각한다. 그
리고 벗어날 수 없음을 깨닫는다. 나 역시 옆 동네였던 염
주동(더 이상 '마을'이 아니었다)에 자주 놀러 갔었다. 그곳에
는 주공보다 높고 번듯한 아파트가 이미 들어서 있었고,
실내체육관 가는 사거리에 나이키며 엘레쎄며 프로스펙스

며 하는 스포츠 브랜드 매장이 몇 있었다. 그의 염주마을
은 진즉 쓸려 없어진 것이다.

　최근 무슨 특강을 한답시고 광주에 내려가 어린 시절
살았던 동네에 들른 적이 있다. 당치 않은 노스탤지어의
부름이었지만, 화정주공아파트가 있던 자리에는 괴이쩍
은 영어 이름의 아파트가 높게 솟아 있었고, 기억 속 장면
들은 흔적이 없었다. 구석은 구석이라는 이유로 없어지고,
구석이 없어짐으로 하여 또 다른 구석은 생긴다. 거기에는
조성국 시인이 능숙한 솜씨로 부려 놓은 남도 말도 있을
것이고, "솔깃하며 정갈하니 새겨듣는"(「갓밝이」) 떨림도 있
을진대, 점점 밀려난다. 더 구석으로, 저기 구석지로…….
『나만 멀쩡해서 미안해』는 우선 그 구석에 대한 시집이다.
시인의 성정대로, 구석에 먼저 위치하여 구석으로 밀려난
것들을 껴안는 시집인 것이다.

치욕 뒤에서

　　느닷없이 꼬꾸라져
　　제사상 모서리에 머릴 찧었다
　　있는 대로 새하얀 눈창 까뒤집고 게거품을 물었다
　　번번이 아버지가 못다 보고 간 이승의 소식
　　진설이라도 하듯

몸을 배배 틀며 바들바들 떨었다
도무지 손쓸 수가 없어
우두커니 지켜만 보았으나
떼굴떼굴 굴려 버린 홍동백서 햇과일을 음복 삼아 베어
먹으며
치솟아 오르는 소지의 불티를 바라보며
아버지가 절대 몰라도 될 지상의 온갖 기밀을 빼돌려
고해바치는 중이라 여겼다
간질 앓듯이
사는 게 꼭 천형 같아
닳아빠진 작업복 바지 뒷주머니에 안창 내밀듯 헛바닥 헉
헉대며
뺑이 친 여러 날을 알알샅샅이 일러바치는 거라, ……
참 여러 가지로 많은 생각을 자아내었다

-「형」전문

그런데 이상하단 말이다. 구수하게 말하고 향수를 불러
일으키고 그리하여 종래 구석을 끌어안는 이 시인에게서
왜 불쾌한 불화가 일어날까. 좋게 좋게 말하면 될 일을 왜
이런 식으로 해야만 하는 걸까. 시인은 시집의 중반부에
서부터 손에 쥐고 돌리던 염주를 내려놓고, "제 살점을 털
어"(「도다리」) 내듯이 시를 회 친다. 그것은 광어나 도미는
못 되고 아무래도 도다리인 것 같은데, 시인답지 않은 말

로는 새꼬시라고 해도 되겠다. 비닐을 벗기고 아가미와 대가리는 쓰레기통에 버리고, 아득바득 남아 있는 **뼈**와 살이 『나만 멀쩡해서 미안해』이다. 인간이 지금껏 저질렀고 지금도 저지르고 있으며 앞으로도 저지른 죄악들에 대해, 시인은 솔직하다. 되레 간질에 시달리는 사람처럼 급작스레 내뱉는다. 침을 뱉듯이, 욕을 하듯이, 실실거리고, 이죽거리며, 컄, 퉤.

층간 소음으로 갈등 중인 이웃과의 화해는 흘레붙은 개들이 대신해 준다(「매혹적이랄 만치 출중한 미모의 여자와」). 복날이면 군대 시절 구타당해 분한 마음으로 군견을 헤친 기억을 떠올린다(「복날이면 생각나는 기억」). 영업을 한답시며 단란주점에서 고주망태가 됐던 꿈속 장면에서 생활에서의 용기를 얻는다(「발칙한 생각」). 다방커피 배달 나온 스쿠터의 빨간색도 그에게는 시가 된다(「방울토마토」). 베트남에서 우리나라 군인이 벌였던 폭력과 현재의 매매혼 문화까지도 그에게는 심드렁한 시의 일부다(「상견례」).

이런 이야기는 술에 취해 구운 벽돌색 얼굴이 된 삼촌이 저도 모르게 떠벌리는 것들이 아니겠는가. 젊은 나는 저런 이야기를 하는 사람이 있는 테이블에 자리해야 하는 불행이 닥칠 때는 전화를 받거나 화장실에 가는 척하며 그 자리를 뜬다. 요즘에는 얄궂어진 세상만큼 영악한 이들도 많아져서, 그런 사람 주위에는 결국 아무도 없기 마련이다. 텅 빈 테이블에서 홀로 술잔을 기울이며 그는 계

속 말할 것이다. 그때 내가 이랬었는데, 그때는 그게 잘못
인 줄도 모르고, 아니 알았지만 어쩔 수가 없었고, 지금
이런 말 해 봐야 무슨 소용이 있겠느냐만, 그럼에도 그때
내가 그랬었는데……. 놀랍게도 시인은 취하지 않았다. 간
질도 아니다. 그의 정신은 매우 또렷하여, 옛일의 추상 같
은 구체를 놓치지 않고 언술한다. 우리가 실제로 그랬기
때문이다. 우리는 죄로 점철되어 치욕인 삶을 통과해 여태
살아남은 자들이고, 누군가는 여기까지 오지 못하고 죽은
이들도 있다. 그들에게는 치욕이 없을 터였다. 하지만 살
아남은 우리는 도둑고양이처럼 "붉게 부은 왼쪽 뒷다리를
절뚝, 절뚝거리며"(「도둑괭이」) 치욕을 뒤따라 살아가야 한
다. 그렇게라도 살아야 한다.

삶의 정면에서

3.
나만 멀쩡해서 미안한,
살아남아서 더 아픈 한 시절
네가 살아남았다 한들
마음 편치 않긴 너도 마찬가지였을 것이다
몸 도사리듯
가장 구석진 자리에 앉아서도

새맑게 웃는 버릇 여전하구나

앳된 흑백의 청춘과

붉은 산그늘 드리워진 영정맡에 향 피우듯

담배 한 개비 물려 놓고

예서 눈빛 치떠 뜨며 몇 발자국 떼면

확 붙었다 꺼져 가는 성냥개비의 뼈 그스름같이

고스란히 밴

비명, 그러나 증거 댈 수 없는 무등의

청옥동 4수원지 기슭을

후다닥, 쫓겨 뛰는 숨 가쁜 발자국 소리

여전히 들리듯 보이는데

보이듯 들리는데

어쩌자고 나는 너를 먼저 보내고 매번 바람의

조문만 받는 것이냐

너를 먼저 보낸 서러움의, 분노의 무게는 자꾸만

자꾸만 아련해져 가벼워지는 것이냐

－「수선화 피는 망월28-2번지」 부분

　이 치욕의 진원은 어쩔 수 없이 다시 광주다. 전남대 정
문이고 도청 앞 분수대고 상무대고 망월동이다. 그는 "연
정 품은 여자 후배로부터 밀고당"(「매병」)해 징역을 살고
왔다. 그는 그것이 부끄럽다. 삶과 죽음이 갈라지는 순간
에도 그에게는 연정이 있었고, 누군가는 연정이라는 말조

차 가볍게 생을 등졌다. 시집의 후반부에 이르러서야 시인은 『나만 멀쩡해서 미안해』에 깔린 위악적 서정과 불과한 불화의 이유를 밝힌다. 그날 이후로도 그는 사랑을 느끼고, 배신을 당하고, 치욕을 견디며 사는 사람이다. 여전한 사람이고 고스란히 사람이다. 5월 이후 살아남은 많은 이가 그저 사람이어서 미안해했다. 미안해서 더 소리치고, 미안한 마음에 더 강퍅하게 구는 이들을 우리는 많이 보아 왔다. 시인도 그중 하나이리라.

아니 그는 강퍅하다기보다는 되레 솔직한 편이다. 세상은 이제 그 이야기는 그만하라고 말한다. 다른 할 얘기가 너무나 많다고 한다. 혹자는 세월호 이야기도 그만하라고 한다. 누군가는 촛불집회의 탄성도 이제 지나간 일이라고 한다. 가만히 있으라고 한다. 나중에 이야기하자고 한다. 특히 시는 그러한 시가 세련된 시라고 여겨진다. 그것이 문학의 현대성이자 첨단이라고 일컬어진다. 역사성과 시의성을 통과하길 거부하며 우회로도 막은 채, 뒤돌아서려 한다. 누군가의 죽음으로 비로소 구성된 우리의 삶을 외면하려고 한다. 삶 앞에 서지 않으려는 세태 와중에 삶 앞에 선 시가 있다. 구석의 곁에서, 치욕을 뒤로하고, 삶의 앞에 선 조성국 시인의 시를 거울로 비춰 본다. 아니, 언제부터 내 방 거울이 이렇게나 더러웠나, 입김을 호호 불고 신문지로 닦는다. 나의 숨결이 그의 시에 닿는 듯하다.

나는 광주를 떠나왔다. 서른이 다 되어서 뒤도 보지 않고 북쪽으로 왔다. 목포에서 태어나 광주에서 자랐는데, 이제 파주에 살고 서울로 직장을 다니니, 적어도 통일 전까지는 올라갈 데까지 올라간 셈이다. 광주 전남 작가들이 모인 술자리였다. 광주학생회관 근처 술집에서 나는 화장실에 숨어 있었다. 이제 등단 1년 차에 불과할 때였는데, 삼촌, 아버지뻘 되는 선배들의 권함을 뿌리칠 재간이 없어 덤벙덤벙 마시다 취한 탓도 있었다. 숨 돌리고 싶기도 했다. 지금 생각해 보니 그들은 모두 미안함의 공동체였으니, 80년 그날 이후 태어난 내가 느끼지 못할 공기를 공유하고 있었고, 나는 그 공기가 무겁고 무서웠다. 그때 화장실을 두드렸던 손이 조성국 시인의 것이었던가, 기억나지 않는다. "맑고 빛나는 기억의 저편에 탁하고 추하고 속악한 것"(「망각」)들과 함께 떠내려가 버렸다.

『나만 멀쩡해서 미안해』를 보며 다시 그날로 돌아간다. 그러지 말걸 하는 후회는 아닌데, 조금 아쉽다. 사실 사무치는 미안함에 자기 자신을 멀쩡하게 두지 않고 지금껏 살아온 광주의 선배들을 모두 마음 깊이 존경한다. 이토록 존경하는 마음을 불콰한 불화와 위악적 서정 아래 숨겨온 자가 바로 나인 것을 이제야 안다. 멀쩡한 사람이 없는데, 멀쩡해서 미안하다고 말하는 이가 있다. 시집을 덮은 순간부터 나도 그런 사람이 된 것 같아서, 멀쩡하지 않게 되어 버린 것 같아서, 미안함의 공동체에 드디어 초대된 것 같아서, 참으로 다행이다. 그래서 미안하게 되는 것이다.

시인수첩 시인선 031
나만 멀쩡해서 미안해

ⓒ 조성국, 2020

초판 1쇄 인쇄 2020년 1월 3일
초판 1쇄 발행 2020년 1월 17일

지은이 | 조성국
발행인 | 강봉자·김은경

펴낸곳 | (주)문학수첩
주 소 | 경기도 파주시 문발로 214-12(문발동 511-2) 출판문화단지
전 화 | 031-955-4445(대표번호), 4500(편집부)
팩 스 | 031-955-4455
등 록 | 1991년 11월 27일 제16-482호

홈페이지 | www.moonhak.co.kr
블로그 | blog.naver.com/moonhak91
이메일 | moonhak@moonhak.co.kr

ISBN 978-89-8392-801-6 03810

「이 도서의 국립중앙도서관 출판예정도서목록(CIP)은 서지정보유통지원시스템
홈페이지(http://seoji.nl.go.kr)와 국가자료공동목록시스템(http://www.nl.go.kr/
kolisnet)에서 이용하실 수 있습니다.(CIP제어번호: CIP2019050744)」

* 파본은 구매처에서 바꾸어 드립니다.